ESTE LIBRO PERTENECE A:

_____

_____

A Lucía y María.

Si Papá Noel
no tuviera su trineo

GILBERTO MARISCAL

ILUSTRADO POR CHUWY

WWW.CHUWY.ES

A Lucía y a María les encantaba la Navidad:

En primer lugar, porque no tenían colegio. ¡Estaban de vacaciones!

En segundo lugar, porque las luces de las calles iluminaban el cielo por las noches.

Y en tercer lugar... ¡porque en Nochebuena venía Papá Noel con sus regalos de Navidad!

Sin embargo, el día antes de Navidad Lucía parecía muy preocupada:

—¿Seguro que va a venir Papá Noel esta noche? —preguntó a su madre.
—Claro que sí, Lucía. Vendrá en su trineo desde el Polo Norte, y traerá muchos regalos a todos los niños y niñas del mundo y... ¡a vosotras!
—Pero... ¿Y si Papá Noel no tuviera su trineo?
—¡Vaya! Esa es una buena pregunta —contestó su madre, sonriente—. ¡Qué suerte que sé la respuesta! ¿Os la cuento?
—¡Siiiiiiiiiiiii! —gritaron Lucía y María.

-Si Papá Noel no tuviera su trineo, llevaría los regalos a todos los niños y niñas del mundo en... **¡su Bicicleta mágica!** -les reveló su madre.

-¡Bichiteta! -repitió María.

-Pero... ¿Y si se le pinchan las ruedas a la Bicicleta mágica? -preguntó Lucía.

—No te preocupes —contestó su madre—: Si Papá Noel no tuviera su trineo, ni su Bicicleta mágica, llevaría los regalos a todos los niños y niñas del mundo en...
¡su Coche ruidoso!

—¡Brooooooom! —rugió María.

Pero Lucía no estaba muy convencida: —¿Y qué pasa si se le rompe el Coche ruidoso? —preguntó.

-Si Papá Noel no tuviera su trineo, ni su Bicicleta mágica, ni su Coche ruidoso, llevaría los regalos a todos los niños y niñas del mundo en... **¡el Tren navideño!** -respondió su madre.

-¡Tren navideño! ¡Chú, chú! -cantó María.

Sin embargo, Lucía aún dudaba: -¿Y si se le acaba el carbón al Tren navideño y se para? ¡Entonces Papá Noel no podrá llegar hasta nuestra casa!

–Sí que llegará, Lucía –dijo su madre, tranquilizándola–: Porque si Papá Noel no tuviera su trineo, ni su Bicicleta mágica, ni su Coche ruidoso, ni su Tren navideño, llevaría los regalos a todos los niños y niñas del mundo en... **¡su Globo multicolor!**

–¿Muticoló? ¡Guau! –exclamó María, feliz.

A Lucía, por el contrario, la historia le iba pareciendo cada vez más extraña:
–¿Y si a Papá Noel se le desinfla el Globo multicolor? –preguntó un poco seria.

-Si Papá Noel no tuviera su trineo, ni su Bicicleta mágica, ni su Coche ruidoso, ni su Tren navideño, ni su Globo multicolor, llevaría los regalos a todos los niños y niñas del mundo en... ¡su **Avión súper veloz!**

Lucía dudó, desconfiada:
-Y si el Avión se estropea... ¿Cómo nos traerá los regalos Papá Noel? ¿En un barco?

–¡Sí! ¿Cómo lo sabías Lucía? –respondió su madre–: Si Papá Noel no tuviera su trineo, ni su Bicicleta mágica, ni su Coche ruidoso, ni su Tren navideño, ni su Globo multicolor, ni su Avión súper veloz, llevaría los regalos a todos los niños y niñas del mundo en...

¡su Barco pirata!

–Pero... ¿Y si se hunde el Barco? –insistió Lucía.

-Si Papá Noel no tuviera su trineo, ni su Bicicleta mágica, ni su Coche ruidoso, ni su Tren navideño, ni su Globo multicolor, ni su Avión súper veloz, ni su Barco pirata, llevaría los regalos a todos los niños y niñas del mundo en... **¡una Ballena gigante!**

-¿En una Ballena? ¡Eso sí que no me lo creo! -dijo Lucía -: ¿Cómo va a traer Papá Noel los regalos hasta casa si las ballenas no pueden andar?

- Es muy sencillo, Lucía -le explicó su madre-: las **Palomas mágicas de la Navidad** recogerán a Papá Noel en la orilla y lo ayudarán a llevar sus regalos a todos los niños y niñas del mundo.

-¿Las Palomas mágicas existen?
-¡Claro que sí! -le aseguró su madre.

Pero Lucía se resistía a darse por vencida:
-¿Y si las Palomas mágicas de la Navidad se ponen malitas y no pueden llevar a Papá Noel?

—Si Papá Noel no tuviera su trineo, ni su Bicicleta mágica, ni su Coche ruidoso, ni su Tren navideño, ni su Globo multicolor, ni su Avión súper veloz, ni su Barco pirata, ni su Ballena gigante, ni las Palomas mágicas de la Navidad, llevaría los regalos a todos los niños y niñas del mundo en... **¡la Estrella de la Nochebuena!**

—¿Estella Noteuena? —repitió María.
—¿Pero esa no es la estrella que siguen los Reyes Magos para llegar hasta el portal de Belén? ¡Si Papá Noel la usa, los Reyes Magos se perderán!
—¡Es verdad, Lucía! Entonces...

—Si Papá Noel no tuviera su trineo, ni su Bicicleta mágica, ni su Coche ruidoso, ni su Tren navideño, ni su Globo multicolor, ni su Avión súper veloz, ni su Barco pirata, ni su Ballena gigante, ni las Palomas mágicas de la Navidad, ni la Estrella de la Nochebuena... los **Papás y Mamás** ayudaríamos a Papá Noel a llevar los regalos a todos los niños y niñas del mundo.

—¡Ohhhhh! —exclamaron Lucía y María, asombradas.

-Mamá... ¿De verdad que todos los Papás y Mamás del mundo ayudaréis a Papá Noel si le hace falta? -preguntó Lucía.

-Te lo prometo -le respondió su madre.

-¡Entonces seguro que nos trae los regalos! ¡Chachi! -celebró Lucía muy feliz, al fin conforme.

Lucía y María se fueron a dormir. Esa noche soñaron con la historia que les había contado su madre.

Y a la mañana siguiente...

¡Feliz Navidad!

EL MUNDO DE LUCÍA
COLECCIÓN

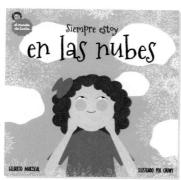

Siempre estoy en las nubes

GILBERTO MARISCAL — ILUSTRADO POR CHUWY

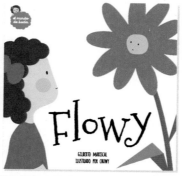

Flowy

GILBERTO MARISCAL
ILUSTRADO POR CHUWY

Mi hermana pequeña

GILBERTO MARISCAL
ILUSTRADO POR CHUWY

¿Puedo jugar?

GILBERTO MARISCAL — ILUSTRADO POR CHUWY

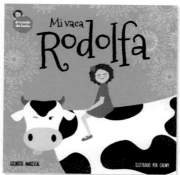

Mi vaca Rodolfa

GILBERTO MARISCAL — ILUSTRADO POR CHUWY

El libro de los sueños

GILBERTO MARISCAL — ILUSTRADO POR CHUWY

Si Papá Noel no tuviera su trineo

GILBERTO MARISCAL — ILUSTRADO POR CHUWY

Si los Reyes Magos no tuvieran sus camellos

GILBERTO MARISCAL — ILUSTRADO POR CHUWY

El ABECEDARIO de Lucía

GILBERTO MARISCAL — ILUSTRADO POR CHUWY

Made in the USA
Columbia, SC
04 December 2021

50369459R00027